COLLECTION HAÏKU
dirigée par Bertrand Nayet

LE TEMPS GLISSE
LE LONG DES JOURS

DE LA MÊME AUTRICE

Poésie

Retour aux cendres roses (haïku), Éditions David, 2018.
Commencements, Éditions du passage, 2016.
Petit jardin d'heures (haïku), Éditions David, 2004.
De la lumière blanche, Éditions du Vermillon, 2002.

Exercices de style

Carnet de lettres gourmandes, Les Heures bleues, 2005.
Abécédaire plus ou moins illustré par l'exemple, Les Heures bleues / Éditions Bonfort, 2001.

Édition jeunesse

Dans la collection, «L'album des petites bêtes», aux Éditions Lougarou : *Les musiciens*, 1985 ; *Écologistes et domestiques*, 1984 ; *Les chenilles*, 1984 ; *Les chimistes*, 1984 ; *Les fourmis*, 1984.

Dans la collection «Nono et Nana», aux Éditions Lougarou : *Le livre bleu*, 1984 ; *Le livre jaune*, 1984 ; *Le livre orange*, 1984 ; *Le livre rouge*, 1984 ; *Le livre vert*, 1984 ; *Le livre violet*, 1984.

Édition d'art

Noirs, bleus, sables : un espace poétique créé pour les artistes, Édition d'art La Tranchefile, 2001.

Une histoire d'alphabet : suite alphabétique, Édition d'art La Tranchefile, 2000.

Désir de sable, Édition d'art La Tranchefile, 1986.

Du coin de l'œil (poème), Édition d'art La Tranchefile, 1986.

Nane Couzier

Le temps glisse
le long des jours

HAÏKUS

Photographies de Bertrand Nayet

David

**Catalogage avant publication de
Bibliothèque et Archives Canada**

Titre : Le temps glisse le long des jours / Nane Couzier.
Noms : Couzier, Nane, auteur.
Collections : Collection Haïku.
Description : Mention de collection : Haïku | Poèmes.
Identifiants : Canadiana (livre imprimé) 2023053483X |
Canadiana (livre numérique) 20230534856 |
 ISBN 9782895979661 (couverture souple) |
 ISBN 9782895979678 (PDF)
Classification : LCC PS8555.O84 T46 2023 |
CDD C841/.54—dc23

Nous remercions le Gouvernement du Canada, le Conseil des arts du Canada, le Conseil des arts de l'Ontario et la Ville d'Ottawa pour leur appui à nos activités d'édition.

Les Éditions David
269, rue Montfort, Ottawa (Ontario) K1L 5P1
Téléphone : 613-695-3339 | Télécopieur : 613-695-3334
info@editionsdavid.com | editionsdavid.com

Tous droits réservés. Imprimé au Canada.
Dépôt légal (Québec et Ottawa), 4ᵉ trimestre 2023

on vieillit –
même la longueur du jour
est source de larmes.

Kobayashi Issa

les jours lointains
sous un soleil radieux
plus lointains encore.

Shuoshi Mizuhara

au fond de la brume
le bruit de l'eau ~
je pars à sa rencontre.

Ozaki Hôsa

DE L'INSTANT VÉCU À L'INSTANT-HAÏKU

Le temps glisse le long des jours constitue le troisième volet de mon exploration du temps à travers le haïku. Après *Petit jardin d'heures*, qui met en scène les petites saisons d'une journée d'été, puis *Retour aux cendres roses*, qui évoque avec nostalgie les grandes saisons de la vie et, parallèlement, les étapes d'un voyage (s'y préparer, être en déplacement, en revenir), *Le temps glisse le long des jours* se penche sur ce qui commence ou recommence, dure ou reste, finit ou est fini.

L'écriture, ou plutôt la réécriture de ce projet resté en friche pendant plus d'un an, a soulevé en moi un certain nombre de réflexions sur la pratique du haïku. Quand commence « le souvenir » ou quand commence « le passé » ? Quelques heures suivant un événement ? Le jour, la semaine, le mois, l'année, la décennie d'après ? Comment signaler, dans la référence à un « présent antérieur », ce qui tient du souvenir ancien quand la transcription est celle d'un rappel ? La nuance entre délai de transcription, « souvenir » et « remémoration » peut-elle faire l'objet d'une nuance explicite ?

À la relecture récente du recueil, le haïku m'est apparu tel un curseur se déplaçant au gré des instants remémorés puis retranscrits : instants-haïkus ancrés à l'immédiateté du présent, au retour des événements naturels, à la transformation, à l'altération ou à la patine des choses, à la saisie globale d'un éclair d'éternité ; traces rappelant l'impermanence, l'aléatoire de la vie. Ce qui surgit, naît, commence, dure, se prolonge, se renouvelle, s'achève, s'éteint, se rompt, coule dans l'expérience intérieure d'un temps continu, fluctuant et mobile, au-delà ou en deçà des événements.

Cette relecture m'a par ailleurs fourni l'occasion d'un constat relatif aux temps d'écriture du haïku. Si le haïku signale un moment sorti du flot continu de l'expérience sensible, la notion d'instant-haïku définit pour moi le vécu articulé au temps d'énonciation du haïku, tandis que le temps d'écriture du haïku serait l'expérience d'un autre type de temps encore : un temps suspendu, le temps d'un passage.

Dans le prolongement de mes précédents recueils, celui-ci se réfère à la complémentarité des registres d'expériences du temps : l'expérience d'un temps intimement continu et celle d'un temps visiblement discontinu ; la constance et l'intermittence au-delà des changements d'époque et de lieu ; l'évanescence et la permanence ; le calendrier comme repère occidental et le temps intérieur ; le dedans et les dehors du temps ; le temps qui sépare et le temps qui englobe ; la conscience du « présent antérieur », le temps pulsatile organique et le temps éthéré de la méditation. Le titre suggère une sensation presque physique d'un temps-durée qui progresserait continûment alors que les jours se relaient – finissent à jamais avant d'être remplacés.

Les instants-haïkus sont répartis au sein de trois espaces : « Au jour le jour » réunit des instants saisis au cours d'une année ; « Jours épars » se présente comme un pèlerinage dans des présents antérieurs entremêlés ;

enfin, « Replis du jour » amorce une brève plongée méditative teintée d'aspiration à dépasser la finitude.

Le recueil dit ou campe la vie telle que je l'éprouve et la perçois dans *le flux et le reflux du conscient* (Basho). Touts et riens de l'existence se succèdent et se font écho au fil des jours évoqués : conscience du monde, rapport au quotidien, aux êtres, aux choses, au vivant, aux états intérieurs, aux atmosphères, aux impressions, aux sensations, aux scènes, aux routines, aux souvenirs, aux regards, aux présences, aux absences, aux silences, aux proximités, aux éloignements, aux moments de la journée, aux saisons de l'année, aux tranches de vie…

Passer d'un présent à l'autre finit par constituer la dynamique de ce recueil. Dans les deux premières parties, les petites saisons de la journée, les saisons climatiques ou les saisons de la vie s'enchainent ; les jours et les nuits alternent avec la fulgurance de l'éclair ou dans la lenteur des moments qui s'éternisent ; les heures, innombrables, clignotent ; les souvenirs font corps avec ce qui reste du passé ; le quotidien domine l'expérience de vivre à travers le mouvement des jours, à l'échelle d'une vie solitaire. Dans la troisième partie s'ouvre un temps méditatif, extensible, sur fond de considérations métaphysiques.

NC

Au jour le jour

il n'y a rien
dans mes poches
rien que mes mains.

Sumitaku Kenshin

jour de l'An
mon regard attend
du neuf

ce matin
plus fripé que moi
mon reflet

statuette glacée
une étole de neige
pour étrenne

je la cherche
obscure elle est là pourtant
la nouvelle lune

jour des Rois
quelques miniatures
en souvenir

nouveau Bic
tous ces mots encore
à venir

lignes brisées
dans l'autre main je cherche
ma ligne de chance

vue de l'espace
la terre dans les ténèbres
seule

neige au réveil
je n'ai pas entendu venir
le silence

les jours rallongent
combien en reste-t-il derrière
le miroir

premier thé
même le frigo se tait
avant l'aube

livre ouvert
à la page délaissée
un peu de poussière

six heures
le froid de la nuit
colle aux vitres

avancer
dans le blanc du journal
vers plus de blanc

lumière diffuse
à travers le gris ambiant
un temps cotonneux

bruits assourdis
que perce le cri des geais
la mangeoire est vide

trop-plein de lune
elle envahit la chambre
le lit

pays blanc
un cri de mouette égaré
dans le silence

le vieux labrador
sur son tapis fatigué
leur dernier hiver

chagrin monstre
ma réserve de chocolat
épuisée

cinq heures
des ombres passent
sur la lune

le saule au levant
fouillis de bras d'ombre
distors

le chat somnole
contre le radiateur
jour laineux

le gris la neige
la nuit le gris la neige
blanc sur blues

vague de froid
les ronrons discrets du frigo
et du chat

neige éclatante
le jour n'en finit pas
de s'éteindre

tout ce blanc
la statuette de jardin
engloutie

le voisin
marchait matin et soir
il ne passe plus

verglas
sur la voiture-iglou
ma pelle exténuée

accalmie
les épinettes enneigées
se délestent

ciel sans nuage
course de cerfs-volants
sur le lac gelé

redoux
une goutte d'eau
descend la vitre

Saint-Valentin
la chandelle coule
sur le silence

saule incendié
dans le crépuscule
les braises craquent

au calendrier
l'arrivée du printemps
rien qu'un mot

heure d'été
la dernière chute de neige
sous le tonnerre

retour de l'orage
les cercles d'eau dansent
sous les gouttes

appel des Antilles
l'eau un peu plus bleue
sur la glace

gazouillis
ici et là dans le clair obscur
la blancheur des trilles

lambeaux de neige
la tourterelle au chaud
dans ses plumes

dégel
sous la paille un crâne
de chat

jour de ménage
les poussières fuient
au soleil

le chat
une patte sur la mouche
– immobile

mon vieux fourneau
la douceur de tes flammes bleues
me manque

une coccinelle
au bord de l'assiette chaude
son odeur de terre

lune ascendante
les ratons papotent entre eux
déjà des petits ?

le chat s'étire
salutation au soleil
façon minou

tussilage en fleur
les coccinelles se ruent
aux fenêtres

brise tiède
la journée s'emplit de ciel
transparent

les semis lèvent
outils et Crocs de jardin
hivernent encore

le motard du coin
bat son record de décibels
les oies passent

ça reverdit
l'araignée monte et descend
sur son fil

tourterelle triste
j'imagine son duvet
sa tendre chair rose

de jeunes génisses
agglutinées sous la pluie
ça sent le fumier

babil incessant
le va-et-vient des oiseaux
en couple

narcisse étoilée
un autel de fortune
sans célébrant

jardin de brume
la sensation d'un temps
lointain

appels câlins
la chatte ramène
un mulot

j'entends la 30
les derniers boisés abattus
pour du transgénique

qu'il fait doux
l'ombre des feuilles caresse
la lumière

oh ! ce calme
la pluie a nettoyé
jusqu'au silence

filin lumineux
une chenille pendouille
entre deux branches

le matin se pose
doucement sur les pivoines
déjà leur parfum

farniente
au creux du jour le plus long
je pense aux soldats

le grillon
ne dort pas non plus
pleine lune

phares après phares
l'ombre immense des arbres
balaie ma fenêtre

petit matin
le merle déracine
un ver

dimanche
pour moi seule une nappe
aux fleurs défraîchies

traces d'ours
sur le chemin des morilles
une souche en miettes

nuit boréale
la loooongue plainte
du huard

givre de lune
l'edelweiss dans la rocaille
luit

parterre blanc
les boules de neige éclatées
autour des viornes[1]

---

1. Référence aux fleurs des viornes boule-de-neige.

le petit suisse
tout à sa toilette
bruine estivale

îlot d'asclépiades
une chenille de monarque
une seule

l'air si doux
si léger – le cœur
si lourd

l'araignée
a scellé ma porte hier
je dors tranquille

journée orageuse
la voisine au corps à corps
avec les moustiques

canicule
rien d'autre que le souffle
du ventilo

pas un nuage
dans l'œil bienveillant de la vache
mon reflet

nuit claire
l'ombre du chat dégringole
de la balustrade

lune d'eau
le bain d'oiseau paisible
dans la nuit

longue pétarade
au loin dans mon sommeil
la Saint-Jean

des trous dans le sol
abeille et petit suisse
chacun sa niche

sur le rang
un coyote pressé
queue basse

l'abeille en panique
devant son terrier dévasté
par qui

pas un souffle
et les fleurs de butome oscillent
ah ! une mésange

merle affairé
trois merlots à ses trousses
bec grand ouvert

troué e de ciel
le clos des feuillus centenaires
autour de l'étang

transat bleu
sous le marronnier je flotte
entre deux mondes

lapereau debout
parmi les coquelicots
il s'empiffre

lente balade
le museau poivre et sel
de mon labrador

déclin du jour
mon ombre me tire
vers l'avant

ça s'est rafraîchi
le chat cavale après
un grain de raisin

silhouette empesée
le héron à contre-jour
sur le bleu

dans le plat d'eau
une aile arrachée – les autres
belles-dames[2] s'envolent

escadrille
lancée vers le sud
les oies bavardent

---

2. Papillon migrateur.

fenêtre close
la coccinelle escalade
le couchant

la vigne rougit
de petits fruits bleus discrets
sous le panache

Action de grâces
mon ombre se réfugie
sous le banc

le labrador
boitille sur le gravier
chat dans les pattes

embardée
deux feuilles mortes traversent
à toute allure

il pleut dehors
le gros insecte s'accroche
au balai

les pics martèlent
un squelette d'orme
je plie du linge

lampe allumée
deux ombres surgissent
de la théière

traînée rouge
parmi les notes en vrac
feu le moustique

odeurs mêlées
de sauge et de confiture
la tiédeur du jour

dehors en savates
vents et pluie glacée demain
sur l'été indien

le soir descend
une flaque épouse
tout le ciel

éclaircie soudaine
l'érable creux affalé
sur les épinettes

balai à l'épaule
autour de moi les feuilles
où le vent les pousse

crachin
tout le jour l'enterrement
de l'été

le forsythia
paré de jaune éclatant
j'ai cru voir des fleurs

guêpe exténuée
son agonie sur le perron
qu'en sait-elle ?

carré de lumière
la coccinelle promène
son ombre

retour d'octobre
des relents de cendres froides
autour de ton nom

fête des morts
la haie d'honneur des citrouilles
hilares

des cris au loin
les oies s'arrachent du froid
naissant

jardin de givre
sur l'escalier une plume
de dindon sauvage

pleurnichant
ce matin sur ma tartine
des jours, comme ça

ciel gris
dans mon bol de soupe
hier du soleil

le couchant s'éteint
constellation de balises
rouges dans le noir

mouffette en balade
sous la grosse lune éteinte
rien d'autre ne bouge

l'ombre des nuages
si pesante aujourd'hui
le poids des morts

midi
un résidu de lune
s'accroche

de gros flocons
lâchés dans le clair le lune
leur ballet m'endort

Sainte-Catherine
des restes de dahlias
coiffés de blanc

clôture
à vache à neige à vent
plus loin l'horizon

thé chaud
l'absence des bêtes
à mes côtés

l'appel d'un corbeau
sitôt disparu dans le temps
muet

les morts se taisent
un lot de lettres bleues[3]
remue le silence

---

3. Référence au « papier avion ».

Noël sans crèche
un ciel lointain et froid
sur la maison

soleil au plus bas
descendre au bout de décembre
pas d'autre chemin

Jingle Bell
je change de poste
Only youououou

nuit de Noël
le rouge passe au vert
pour personne

brouillard épais
le dernier jour de l'année
sombre dans l'oubli

Jours épars

sans calendrier
de pays en pays
elles voyagent
les oies sauvages

SHUNPA

vol aller
mon petit voisin – 20D
triche au tic-tac-toe

l'avion descend
en moi la tension
grimpe

maman m'accueille
une louche à la main
« Tu es déjà là ? »

ma mère
sur les nerfs
– pour un pot-au-feu

au douzième coup
la bise et la bonne année
beaucoup d'absents

résolutions
imbibées de champagne
on verra demain

Saint-Sylvestre
une haie de passiflore
aux fruits racornis

bus de midi
deux pies chassent les ramiers
du toit de l'Ehpad[4]

---

4. Établissement d'hébergement pour personnes âgées (équivalent des CHSLD).

fête des Rois
maman est plutôt brioche
moi frangipane

chocolatine
ou pain au chocolat?
deux France

« Votre maman va bien »
dit le cardio
mon pouls ralentit

Pompiers sans frontières
chaud très chaud le nouveau
calendrier

abribus
un tout-petit éternue
dans son quatre-heures

soldes de janvier
les pourcentages grossissent
en vitrine

mon vieux missel
ses images pieuses
préservées

odeur de cuir
le soleil s'allonge
sur le sofa

l'accompagner
au courrier ou aux poubelles
ses petits pas

panne d'ascenseur
marche après marche elle agrippe
la rampe

coup de mistral
bon gré mal gré les passants
jetés dans la course

poussette oubliée
dehors avant la tempête
pas de scène culte

giboulées tardives
ensemble les parapluies
s'ouvrent   se ferment

bancs déserts
les pigeons font les cent pas
sous l'ondée

Météo-France
au pont de l'Alma le Zouave[5]
a les pieds au sec

---

5. Statue révélatrice du niveau de la Seine.

marelle des grandes
une enfant de maternelle
entre par le ciel

heure de pointe
au-dessus du feu roulant
les tilleuls embaument

grand fracas
l'éclair allume-éteint tout
d'un coup

panne de courant
une Suze à la bougie
et maman raconte

entre ciel et terre
la fillette à cloche-pied
marelle en mémoire

radio nostalgie
au pays des cigales
« Dis, quand reviendras-tu ? »

valises bouclées
la laisser à une vie
qui s'amenuise

les bagages
sous les phares du taxi
plus lourds qu'à l'aller

la fenêtre ouverte
tout le passé me revient
comme dans un rêve
où sera le temps d'autrefois,
quand j'aurai disparu?

RYÔKAN

après le virage
le Pic du Midi au loin
on arrive

départementale
dans l'ombre des platanes
des arbres malingres

le clocher sonne
du tac au tac le coucou
répond

horloge grand-père
ses chiffres romains plus gros
que ma main d'enfant

tous dispersés
mes deux arrière-grands-mères
jadis en famille

sanctuaire de Lourdes
la foule des éclopés
heurte mes dix ans

vieux moulin
s'endormir dans le bruit
de la chute d'eau

sous le réverbère
un brouillard opalescent
on veille le mort

un verre au soleil
près de la carafe jaune
l'odeur du pernod

jour de lessive
un tas de bulles à souffler
entre les doigts

carrousel vide
les chevaux de bois s'amusent
entre eux

sur la corde à linge
un drap baigné de lune
son ombre floue

la girouette couine
sous l'assaut des rafales
coq imperturbable

toits anciens et toits neufs
du hameau béarnais
la même ardoise

à la cathédrale
les gestes de ma grand-mère
ils y sont toujours

les braises grisonnent
aux fenêtres la lune
surdimensionnée

maison de vigne
la silhouette ancestrale
des cyprès

léger vent d'autan
des noms remplis de soleil
sur les stèles

volets entrouverts
dans la nuit occitane
mon cœur d'enfant

vivier oublié
sous les lentilles d'eau
un profond silence

lettres entrelacées
au creux des mains
le drap ajouré

trousseau vierge
l'histoire d'une autre
aux puces

photos craquelées
sorties en vrac d'un tiroir
tantes et grand-tantes

salle des fêtes
tous ces garçons approchés
le temps d'une danse

un nom
sur l'essuie-main aux lettres rouges
la jeune morte

legs maternel
du linge marqué d'initiales
orphelines

ouvrant un placard
les saveurs du garde-manger
d'antan

nouveaux visages
au marché au gras du lundi
même odeur de truffe

balade au ruisseau
les tas de draps fumants
toujours à l'esprit

fin des vendanges
on a dressé les tréteaux
dehors à l'ancienne

pénombre
l'arôme charnu des melons
du terroir

heureux souvenir
des beignets de fleurs d'acacia
l'arbre est toujours là

des patins
à l'entrée de la chambre
parquet bichonné

chiffon à poussière
le pan de velours râpé
s'effiloche

album de famille
nos générations d'avant
qui en voudra ?

un flot d'émotions
soudain chez le bouquiniste
Au pays bleu[6]

---

6. Titre de mon premier livre de lecture.

lundi sous la halle
les nouveaux vieux blaguent
comme les anciens

cuvier vide
dans l'abattoir ça sent
la tripe froide

je la revois
de pleins baquets de haricots
sur les bras

les marrons brûlent
dans les feuilles mortes
leur fumée âcre

jardin défunt
au fond d'un souvenir
sa fontaine

Replis du jour

je quitte le temple zen
j'entre
dans la nuit étoilée

Masaoka Shiki

ma mère
a rejoint son noyau de morts
elle en parlait tant

dans le marbre
le nom de mon père en blanc
dorure effacée

père et mère
leurs noms de nouveau
réunis

moi partie
qui se souviendra d'eux
– puis de moi…

caveau familial
il n'y a plus de place
pour y mourir

cette obscurité
dans les replis du jour
y consentir

grosse lune
à son plus bas – une étendue
de mers sèches

loin en moi
un serpent d'étoiles
pour guide

lumière neuve
un souffle a emporté
les bruits absents

le temps glisse
dans le silence des ruines
le jour dans la nuit

pays bleu
« ce pays derrière l'air[7] »
je le porte

---

7. Jean Giono, *Le serpent d'étoiles.*

un crépitement
au sein de la Voie lactée
j'aimerais l'entendre

REMERCIEMENTS

Ma gratitude à Bertrand Nayet qui signe les photos de cette publication, pour la juste mise en correspondance de ses images avec l'orientation globale du recueil : en écho à la sobriété du haïku, le dépouillement des motifs et la discrétion des teintes de ces clichés cadrés à l'échelle du détail.

TABLE
DES PHOTOGRAPHIES

Akènes de frêne 14

Ombre de tilleul 88

Petit champignon......................................134

TABLE

De l'instant vécu à l'instant-haïku 9

Au jour le jour 15

Jours épars 89

Replis du jour 135

Remerciements 147

Table des photographies 149

DANS LA MÊME COLLECTION

HAÏBUN

BOUCHARD, Hélène. *Retenir la lumière*, 2021.
BOUCHARD, Hélène. *Fenêtre sur le large*, 2014.
CLARK, Marie. *Nous défricherons chacune un monde.* 2023.
DELORME, Danielle. *Le bleu des glaciers,* 2023.
DUPUIS, Marie. *Sous le sein gauche*, 2021.
LAJOIE, Roxanne. *Le lustre des cerises*, 2018.
MORENCY, Joanne. *Tes lunettes sans ton regard*, 2016.
MORENCY, Joanne. *Mon visage dans la mer*, 2011.

HAÏKU

BANNINO, Vanessa-S.-E. *Souffle de paix*, 2002.
BAQUERO, Blanca. *Aussi loin que le vent*, 2022.
BEAUDRY, Micheline. *Les couleurs du vent*, 2004.
BOISSÉ, Hélène. *Sentir la terre*, 2005.
BOUCHARD, Hélène. *Petits fruits nordiques*, 2011.
BOUCHARD, Hélène. *Percées de soleil*, 2008.
BOUCHER, Nadine. *À l'ombre des pulsars. Deux suites poétiques en haïkus*, 2022.
CAYOUETTE, France. *Verser la lumière*, 2009.
CAYOUETTE, France. *La lenteur au bout de l'aile*, 2007.
COUZIER, Nane. *Le temps glisse le long des jours*, 2023.
COUZIER, Nane. *Retour aux cendres roses*, 2018.
COUZIER, Nane. *Petit jardin d'heures*, 2004.
CÔTÉ, Clodeth. *Le vent dans les brindilles*, 2021.
DANDENEAU, Louise. *Nos souffles liés*, 2023.
DUHAIME, André. *Cet autre rendez-vous*, 1996. Épuisé.
DUPUIS, Marie. *Le chat bourlingueur. Carnet de voyage*, 2018.
DUPUIS, Marie. *Sous le chapeau de paille*, 2017.
FAUQUET, Ginette. *Ikebana*, 2002.
GAUTHIER, Jacques. *Haïkus aux quatre vents*, 2004.
GAUTHIER, Jacques. *Pêcher l'ombre*, 2002.
JACOB, Xavier. *Murmures urbains*, 2010.
LAMARRE, Suzanne. *À pieds joints dans les flaques*, 2010.
LARATTE, Catherine. *Nu-pieds dans la rosée*, 2019.
LEBEL, Carol. *Clapotis du temps*, 2003.
LEBLANC, Carmen. *Tout autour de nous*, 2021.

LEBLANC, Carmen. *Fragments de ciel*, 2010.
LEBLANC, Carmen. *Nid de brindilles*, 2008.
LECLERC, Hélène. *La route des oiseaux de mer*, 2020.
LECLERC, Hélène. *Entre deux ciels*, 2017.
LECLERC, Hélène. *Des étages de ciel*, 2011.
LECLERC, Hélène. *Cette lumière qui flotte*, 2009.
LECLERC, Hélène. *Lueurs de l'aube*, 2007.
MARCEAU, Claude. *Saisons de sel*, 2012.
MARCEAU, Claude. *Balade en Boréalie*, 2010.
NAYET, Bertrand. *La lune en mille gouttes*, 2009.
NAYET, Bertrand. *Juste un grand vent*, 2003.
PAINCHAUD, Jeanne. *Soudain*, 2002.
PARADIS, Monique. *Étincelles*, 2002.
PARENT, Monique. *Fragiles et nus*, 2003.
PLEAU, Michel. *Arbres lumière*, 2005.
PLEAU, Michel. *Soleil rouge*, 2004. Nouv. éd., 2009.
POIRIER, Jimmy. *À quelques pas de l'aube*, 2022.
POIRIER, Jimmy. *Le bruit des couleurs*, 2014.
RAIMBAULT, Alain. *New York loin des mers*, 2002.
RAIMBAULT, Alain. *Mon île muette*, 2001.
RICHARD, Lyne. *Tout ce blanc près de l'œil*, 2006.
ROCK, Sébastien. *Le champ de lin. Haïkus des Prairies*, 2019.
THÉORÊT, François. *Sonatines*, 2020.
TREMBLAY, François-Bernard. *Brèves de saison*, 2003.
TREMBLAY, Jessica. *Les saisons de l'épouvantail*, 2004.
TREMBLAY, Jessica. *Le sourire de l'épouvantail*, 2003.
VÉZINA, André. *Fumées de mer*, 2013.
VOLDENG, Évelyne. *Haïkus de mes cinq saisons*, 2001.
Épuisé (réédité dans la coll. « 14/18 »).

RENKU

BEAUDRY, Micheline et Jean DORVAL. *Blanche mémoire*, 2002.
CHICOINE, Francine et Robert MELANÇON. *Sur la table vitrée. Renku entre Baie-Comeau et Montréal*, 2009.
CHICOINE, Francine et Jeanne PAINCHAUD. *Sous nos pas*, 2003.
DUHAIME, André et Carol LEBEL. *De l'un à l'autre*, 1999. Épuisé.
DUHAIME, André et Gordan SKILJEVIC. *Quelques jours en hiver et au printemps*, 1997. Épuisé.

COLLECTIFS

BOUCHARD, Hélène (dir.). *Sept-Îles, côté mer, côté jardin*, 2016.

CHICOINE, Francine (dir.), *À petits pas lents*, 2021.

CHICOINE, Francine (dir.). *Le reste peut attendre*, 2016.

CHICOINE, Francine (dir.). *La lune sur l'épaule*, 2010.

CHICOINE, Francine, Terry Ann CARTER et Marco FRATICELLI (dir.). *Carpe diem. Anthologie canadienne du haïku / Canadian Anthology of Haiku*, Ottawa, coédition David/Borealis Press, 2008.

CHICOINE, Francine (dir.). *Toucher l'eau et le ciel*, 2008.

CHICOINE, Francine (dir.). *Dire la flore*, 2004.

CHICOINE, Francine (dir.). *Dire la faune*, 2003.

CHICOINE, Francine et André DUHAIME (dir.). *Dire le Nord*, 2002.

Collectif de femmes innues. *S'agripper aux fleurs*, 2012. Direction et préface de Francine Chicoine.

Collectif d'élèves. *Éphémère*, 2002.

Collectif d'élèves. *Rêves de plumes*, 2001. Épuisé.

Collectif d'élèves. *Saisir l'instant*, 2000.

DUHAIME, André (dir.). *Chevaucher la lune*, 2001. Épuisé.

DUHAIME, André (dir.). *Haïku et francophonie canadienne*, 2000. Épuisé.

DUHAIME, André (dir.). *Haïku sans frontières : une anthologie mondiale*, 1998. Épuisé.

NAYET, Bertrand (dir.). *sur une même écorce*, 2014.

POIRIER, Jimmy (dir.). *En attendant les étoiles. Collectif sur l'enfance*, 2019.

VÉZINA, André et Jeannine ST-AMAND (dir.). *Dans les plis du tablier*, 2020.

VÉZINA, André (dir.). *Kukaï, une aventure poétique*, 2015.

Photographie de la couverture : Bertrand Nayet
Photographie de l'autrice : Ville de Vaudreuil-Dorion
Mise en pages : Anne-Marie Lemay-Frenette
Maquette : Anne-Marie Berthiaume

Achevé d'imprimer
sur les presses de l'Imprimerie Gauvin
Gatineau (Québec) Canada